启明星
艾青诗歌选

艾青 著　高昌 选编

人民文学出版社　天天出版社

图书在版编目（CIP）数据

启明星：艾青诗歌选 / 艾青著；高昌选编. -- 北京：
天天出版社，2023.4
ISBN 978-7-5016-2014-2

Ⅰ．①启… Ⅱ．①艾… ②高… Ⅲ．①诗集－中国－
当代 Ⅳ．①I227

中国国家版本馆CIP数据核字(2023)第054389号

责任编辑: 张新领　　　　　　　　**美术编辑:** 曲　蒙
责任印制: 康远超　张　璞

出版发行: 天天出版社有限责任公司
地址: 北京市东城区东中街 42 号　　　　**邮编:** 100027
市场部: 010-64169902　　　　　　**传真:** 010-64169902
网址: http://www.tiantianpublishing.com
邮箱: tiantiancbs@163.com

印刷: 三河市博文印刷有限公司　　　**经销:** 全国新华书店等
开本: 880×1230　1/32　　　　　　　**印张:** 5.75
版次: 2023 年 4 月北京第 1 版　**印次:** 2023 年 4 月第 1 次印刷
字数: 100 千字

书号: 978-7-5016-2014-2　　　　　　**定价:** 29.00 元

用心里的光照亮岁月
——读艾青的诗

高昌

　　这本由我选编的《启明星——艾青诗歌选》的书名，是艾青先生的夫人高瑛老师提议的，她说《启明星》是艾老生前喜欢的一首诗。灿烂、热烈的启明星，象征着一代人对光明的渴望和对自由的向往：那深情的目光洒向大地，晶莹的歌喉呼唤黎明，坚定的步伐作别黑夜，轻盈的身影融入霞光。那闪烁在深蓝天幕上的启明星，给苏醒的世界送来的是黎明的通知，是太阳的话，是深情而又执着的光的赞歌啊！

　　艾青先生说："我们的诗神是驾着纯金的三轮马车，在生活的旷野上驰骋的。那三个轮子，闪射着同等的光芒，以同样庄严的隆隆声震响着的，就是真、善、美。"我们读艾青先生的诗，就像打开一扇开满鲜花的奇异的木格窗子，看到一条通往春天的宽广大路，看到一驾从广袤的旷野驰骋而来的载满阳光的金色马车。那马车踩过层层积雪，车轮下发出深沉细微的辘辘清响和唧唧幽叹。这真善美的车轮穿越过黑夜和风雨，穿越过茫茫戈壁和幽幽岁月，穿越过各种曲折和坎坷，在土地上留下一道道深情的辙迹。那马车一直向着我们的心灵驰来，让我们的眼中有光，骨中有钙，脚下有力量，手里有火把和希望，心里有甘甜的泉水汩汩奔流……

　　人活着，要有理想。艾青先生把诗称作"心灵的活的雕塑"，他的诗篇中洋溢着饱满的激情和奋进的活力，即使是在黑夜里，他也在歌唱太阳；即使是在苦难中，他也在憧憬明天。他的《芦笛》用深沉忧郁的曲调唱出大地的心声，他的《礁石》用自信的目光注视着大海的波涛，他的《虎斑贝》用睿智的声音吹送着时代的激情，他的笔墨就像燃烧的煤炭一样，永远怀抱着梦、输送着暖、散发着温情……

　　每当读到"为什么我的眼里常含泪水？因为我对这土地爱得深沉……"，读到"中国／我的在没有灯光的晚上／所写的无力的诗句／能给你些许的温暖么？"，读到"但它依然站在那里／含着微笑／看着海洋……"，我的身边仿佛总有一团团火焰在飞舞、在飘扬、在歌唱。诗人的爱是如此真挚、深沉、博大，诗人的情感是如此美丽、执着、细腻。诗人的生活中遭遇过很多曲折和磨难，但是他没有被挫折击倒，而是更加坚定，更加自信，更加充满活力。他的诗是生活的旋律，是激情的火焰，是穿越黑夜的灿灿星辉。我们读他的诗，就是在读一颗善良、诚恳、坚定、温暖的赤子之心。

　　艾青先生的诗篇气象雄浑，诗画交融，意象灵动，境界幽远，想象清奇，构思精巧，在艺术风格上有着非常鲜明的个人特色。他特别善于从具体情境的叙述和现实景物的联想来切入诗篇，强调"朴素、单纯、集中、明快"的美学效应，特别善于运用白描手法来议论和抒情。其散文式样的个性语言饱满明澈，就像用泉水清洗过一样活泼奔放、隽永纯净，极具口语魅力。他也经常采用拟人、比喻、借代、对比、烘托、象征等表达技巧，体现了圆熟浑厚的艺术品质，开拓了新诗的表现空间和审美风尚，给诗坛和读者留下了"更深刻而长久"的真挚感动。

艾青先生是新诗发展史上的重要诗人，也是一位有着国际声誉的中国诗人。他的诗歌《国旗》《我爱这土地》《春姑娘》《下雪的早晨》《黎明的通知》《大堰河，我的保姆》等许多名篇选入过中小学生语文课本。艾青诗歌的选本很多，本书读者对象是9岁到16岁的青少年，所以选录的篇目以短小和明畅的诗作为主。相信同学们随着阅历的增长和理解能力的加深，以后继续深入阅读艾青的其他长篇诗作，一定会有更多的更加丰富和深刻的阅读收获。

38年前，艾青先生曾经在一本《中学生诗歌选》的序言中写道："从诞生到二十岁，这是一生中的春季，是一生当中充满希望的年龄，是耕耘的季节，是播种的季节，也是万物生长的季节，是金子般可贵的季节。"我是那本《中学生诗歌选》的作者之一，艾青先生这段话，我一直记在心里。现在由我选编的这本《启明星——艾青诗歌选》的读者年龄，也正处在这人生的美好春天，更准确地说，应该是处在露珠般晶莹、嫩芽般蓬勃、花蕾般鲜妍的人生早春。我也把艾青先生这段话送给本书的小读者们吧，祝愿同学们在生活的田野里播种希望，耕耘风雨，珍惜美好时光，沿着洒满阳光、开满鲜花的春风大道昂首阔步，阔步向前，前程似锦，锦霞万里！

艾青先生在《下雪的早晨》这首诗中写道："我一直都记着那个小孩／和他的很轻很轻的歌声／此刻，他不知在哪间小屋里／看着不停地飘飞着的雪花／或许想到树林里去抛雪球／或许想到湖上去滑冰／但他决不会知道／有一个人想着他／就在这个下雪的早晨。"有的同学或许在语文课本上读过这段诗，有的同学或许没有读过这段诗。我把这几行朴素的句子，引用在这篇导读文章的最后，是想告诉小读者，无论你是在晴天还是雪天，是在蓝色的海边还是青碧的山麓，别忘了那位歌唱光明的老诗人一直想着你们，用温暖的目光注视着你们，用火焰般的歌声祝福着你们呢。

诗和远方，是用爱链接起来的。无数的心和无数的岁月，是用光照亮的。

目 录

第五单元　大堰河，我的保姆

第一单元

我爱这土地

为什么我的眼里常含泪水？
因为我对这土地爱得深沉……

我爱这土地

假如我是一只鸟，
我也应该用嘶哑的喉咙歌唱：
这被暴风雨所打击着的土地，
这永远汹涌着我们的悲愤的河流，
这无止息地吹刮着的激怒的风，
和那来自林间的无比温柔的黎明……
——然后我死了，
连羽毛也腐烂在土地里面。

为什么我的眼里常含泪水？
因为我对这土地爱得深沉……

1938 年 11 月 17 日

（原载 1938 年 12 月 10 日桂林《十日文萃》旬刊 1 卷 4 期，
收入诗集《北方》，1942 年 1 月，文化生活出版社）

生命

有时
我伸出一只赤裸的臂
平放在壁上
让一片白垩的颜色
衬出那赭黄的健康

青色的河流鼓动在土地里
蓝色的静脉鼓动在我的臂膀里

五个手指
是五支新鲜的红色
里面旋流着
土地耕植者的血液

我知道
这是生命
让爱情的苦痛与生活的忧郁
让它去担载吧
让它喘息在

世纪的辛酸的犁轭下

让它去欢腾，去烦恼，去笑，去哭吧

它将鼓舞自己

直到颓然地倒下！

这是应该的

依照我的愿望

在期待着的日子

也将要用自己的悲惨的灰白

去衬映出

新生的跃动的鲜红

1937 年 4 月

（原载《旷野》，1940 年，重庆生活书店）

复活的土地

腐朽的日子
早已沉到河底,
让流水冲洗得
快要不留痕迹了;

河岸上,
春天的脚步所经过的地方,
到处是繁花与茂草;
而从那边的丛林里
也传出了
忠心于季节的百鸟之
高亢的歌唱。

播种者啊!
是应该播种的时候了,
为了我们肯辛勤地劳作
大地将孕育
金色的颗粒。

就在此刻，
你——悲哀的诗人呀，
也应该拂去往日的忧郁，
让希望苏醒在你自己的
久久负伤着的心里：

因为，我们的曾经死了的大地，
在明朗的天空下
已复活了！
——苦难也已成为记忆，
在它温热的胸膛里
重新旋流着的
将是战斗者的血液。

1937 年 7 月 6 日 沪杭路上

（原载《北方》，1943 年 12 月，南天出版社）

手推车

在黄河流过的地域
在无数的枯干了的河底
手推车
以唯一的轮子
发出使阴暗的天穹痉挛的尖音
穿过寒冷与静寂
从这一个山脚
到那一个山脚
彻响着
北国人民的悲哀

在冰雪凝冻的日子
在贫穷的小村与小村之间
手推车
以单独的轮子
刻画在灰黄土层上的深深的辙迹
穿过广阔与荒漠
从这一条路
到那一条路

交织着

北国人民的悲哀

1938 年初

（原载《北方》，1943 年 12 月，南天出版社）

冬日的林子

我欢喜走过冬日的林子——
没有阳光的冬日的林子
干燥的风吹着的冬日的林子
天像要下雪的冬日的林子

没有色泽的冬日是可爱的
没有鸟的聒噪的冬日是可爱的
冬日的林子里一个人走着是幸福的
我将如猎者般轻悄地走过
而我决不想猎获什么……

1939 年 2 月 15 日

（原载《黎明的通知》，1948 年 8 月，
上海文化供应社）

桥

当土地与土地被水分割了的时候，
当道路与道路被水截断了的时候，
智慧的人类伫立在水边：
于是产生了桥。

苦于跋涉的人类，
应该感谢桥啊。

桥是土地与土地的联系；
桥是河流与道路的爱情；
桥是船只与车辆点头致敬的驿站；
桥是乘船者与步行者挥手告别的地方。

1939 年秋

（原载《旷野》，1940 年，重庆生活书店）

冬天的池沼

冬天的池沼，

寂寞得像老人的心——

饱历了人世的辛酸的心；

冬天的池沼，

枯干得像老人的眼——

被劳苦磨失了光辉的眼；

冬天的池沼，

荒芜得像老人的发——

像霜草般稀疏而又灰白的发；

冬天的池沼，

阴郁得像一个悲哀的老人——

伛偻在阴郁的天幕下的老人。

1940 年 1 月 11 日

（原载《旷野》，1940 年，重庆生活书店）

树

一棵树，一棵树
彼此孤立地兀立着
风与空气
告诉着它们的距离

但是在泥土的覆盖下
它们的根伸长着
在看不见的深处
它们把根须纠缠在一起

1940 年春

（原载《旷野》，1940 年，重庆生活书店）

沙

太阳照着一片白沙
沙上印着我们的脚迹
我们走在江水的边沿
江水在风里激荡
我们呼叫着摆渡的过来
但呼声被风飘走了

1940 年 2 月 12 日

（原载《黎明的通知》，1943 年，桂林文化供应社）

无 题

有时我也挑灯独立
爱和夜守住沉默
听风声狂啸于屋外
怀想一些远行人

1940 年 2 月

（原载《黎明的通知》，1943 年，桂林文化供应社）

高　粱

我还记得的：昨天
我又从那斜坡上走过——
我们的那些高粱已很高很高了，
而且每根的顶上都挂着果实……

丰满的累累的果实啊，
在早晨阳光照着的旷野上，
在澄碧的天空的下面，
像无数少女的沉重而闪光的垂发。

我还记得：露水伏在
那些绿叶上——透明而圆润；
那些绿叶宽长而稀疏的，
它们披在挺直的干子上。

很细很细的流水从岩石上流过，
岩石上的黑色的鲜苔都复活了！

我还记得的：我从那里走过，

好像听见高粱唱着快乐之歌……

1940 年 8 月 16 日夜

（原载《献给乡村的诗》,1945 年,昆明北门出版社）

刈草的孩子

夕阳把草原燃成通红了。
刈草的孩子无声地刈草，
低着头，弯曲着身子，忙乱着手，
从这一边慢慢地移到那一边……

草已遮没他小小的身子了——
在草丛里我们只看见：
一只盛草的竹篓，几堆草，
和在夕阳里闪着金光的镰刀……

1940 年

（原载《北方》，1942 年，文化生活出版社）

古松

你和这山岩一同呼吸一同生存
你比生你的土地显得更老
比山崖下的河流显得更老
你的身体又弯曲，又倾斜
好像载负过无数的痛苦
你的裂皱是那么深，那么宽
而又那么繁复交错
甚至蜜蜂的家属在里面居住
蚂蚁的队伍在里面建筑营房
而在你的丫杈间的洞穴里
有着胸脯饱满的鸽子的宿舍——
它们白天就成群地飞到河流对岸的平地上去
也有着尾巴像狗尾草似的松鼠的家
它们从你伸长着的枝丫
跳到另一棵比你年轻的松树上
比小鸟还要显得敏捷
你的头那样高高地仰着
风过去时，你发出低微的呻吟
一个捡柴的小孩站在下面向你看

你显得多么高！

你的叶子同云翳掺和在一起

白云在你上面像是你的披发

一伙蚂蚁从你的脚跟到你的头上

是一次庄严的长途旅行

你的身体是铁质和砂石熔铸成的

用无比的坚强领受着风、雨、雷、电的打击

而每次阴云吹散后的阳光带给你微笑

你屹立在悬崖的上面像老人

你庇护这山岩，用关心注视我们的乡村

你是美丽的——虽然你太苍老了

（原载《献给乡村的诗》，1945年，昆明北门出版社）

荒凉

那边的山上没有树
那边的地上没有草
那边的河里没有水
那边的人没有眼泪

1940 年 8 月 29 日

（原载 1942 年 9 月 30 日《文艺阵地》7 卷 2 期）

河

沿着寒夜的河边
我听见河水哗哗地流着
好像一群喧闹的夜行者
一边行走，一边歌唱
它们在这冷寂的夜晚
从冰层的下面
不止地奔向远方……

一切都已入睡了
但河水依然兴奋地流着
经过广大的黑暗的地域
一直奔向黎明

1942 年 2 月 27 日

（原载 1942 年 3 月 26 日《解放日报》副刊

《文艺》109 期）

笑

我不相信考古学家——
在几千年之后，
在无人迹的海滨，
在曾是繁华过的废墟上
拾得一根枯骨
——我的枯骨时，
他岂能知道这根枯骨
是曾经了二十世纪的烈焰燃烧过的？

又有谁能在地层里
寻得
那些受尽了磨难的
牺牲者的泪珠呢？
那些泪珠
曾被封禁于千重的铁栅，
却只有一枚钥匙
可以打开那些铁栅的门，
而去夺取那钥匙的无数大勇
却都倒毙在

守卫者的刀枪下了
如能捡得那样的一颗泪珠
藏之枕畔，
当比那捞自万丈的海底之贝珠
更晶莹，更晶莹
而彻照万古啊！

我们岂不是
都在自己的年代里
被钉上了十字架么？
而这十字架
决不比拿撒勒人所钉的
较少痛苦。

敌人的手
给我们戴上荆棘的冠冕，
从刺破了的惨白的前额
淋下的深红的血点，
也不曾写尽
我们胸中所有的悲愤啊！
诚然
我们不应该有什么奢望，
却只愿有一天

人们想起我们，
像想起远古的那些
和巨兽搏斗过来的祖先，
脸上会浮上一片
安谧而又舒展的笑——
虽然那是太轻松了，
但我却甘愿
为那笑而捐躯！

1937 年 5 月 8 日

（选自《旷野》，1940 年，重庆生活书店）

第二单元

黎明的通知

请歌唱者唱着歌来欢迎

用草与露水所掺和的声音

请舞蹈者跳着舞来欢迎

披上她们白雾的晨衣

请叫那些健康而美丽的醒来

说我马上要来叩打她们的窗门

黎明的通知

为了我的祈愿
诗人啊，你起来吧

而且请你告诉他们
说他们所等待的已经要来

说我已踏着露水而来
已借着最后一颗星的照引而来

我从东方来
从汹涌着波涛的海上来

我将带光明给世界
又将带温暖给人类

借你正直人的嘴
请带去我的消息

通知眼睛被渴望所灼痛的人类

和远方的沉浸在苦难里的城市和村庄

请他们来欢迎我——
白日的先驱，光明的使者

打开所有的窗子来欢迎
打开所有的门来欢迎

请鸣响汽笛来欢迎
请吹起号角来欢迎

请清道夫来打扫街衢
请搬运车来搬去垃圾

让劳动者以宽阔的步伐走在街上吧
让车辆以辉煌的行列从广场流过吧

请村庄也从潮湿的雾里醒来
为了欢迎我打开它们的篱笆

请村妇打开她们的鸡埘
请农夫从畜棚牵出耕牛

借你的热情的嘴通知他们
说我从山的那边来，从森林的那边来

请他们打扫干净那些晒场
和那些永远污秽的天井

请打开那糊有花纸的窗子
请打开那贴着春联的门

请叫醒殷勤的女人
和那打着鼾声的男子

请年轻的情人也起来
和那些贪睡的少女

请叫醒困倦的母亲
和她身旁的婴孩

请叫醒每个人
连那些病者与产妇

连那些衰老的人们
呻吟在床上的人们

连那些因正义而战争的负伤者
和那些因家乡沦亡而流离的难民

请叫醒一切的不幸者
我会一并给他们以慰安

请叫醒一切爱生活的人
工人、技师以及画家

请歌唱者唱着歌来欢迎
用草与露水所掺和的声音

请舞蹈者跳着舞来欢迎
披上她们白雾的晨衣

请叫那些健康而美丽的醒来
说我马上要来叩打她们的窗门

请你忠实于时间的诗人
带给人类以慰安的消息

请他们准备欢迎，请所有的人准备欢迎

当雄鸡最后一次鸣叫的时候我就到来

请他们用虔诚的眼睛凝视天边
我将给所有期待我的以最慈惠的光辉

趁这夜已快完了，请告诉他们
说他们所等待的就要来了

（选自《黎明的通知》，1943 年，桂林文化供应社）

当黎明穿上了白衣

紫蓝的林子与林子之间
由青灰的山坡到青灰的山坡，
绿的草原，
绿的草原，草原上流着
——新鲜的乳液似的烟……

啊，当黎明穿上了白衣的时候，
田野是多么新鲜！
看，
微黄的灯光，
正在电杆上颤栗它的最后的时间。
看！

1932 年 1 月 25 日由巴黎到马赛的路上

（原载 1932 年 9 月《现代》1 卷 5 期）

灯

盼望着能到天边
去那盏灯的下面——
而天是比盼望更远的！
虽然光的箭，已把距离
消灭到乌有了的程度；
但怎么能使我的颤指，
轻轻地抚触一下
那盏灯的辉煌的前额呢？

（原载 1934 年《现代》5 卷 2 期）

辽阔

辽阔的夜，已把
天幕廓成辽阔了！

无垠的辽阔之底
闪着一颗晶莹的星……

你说，那就是
我们的计程碑吗？

辽阔的夜，在辽阔的
天幕之下益显得辽阔了……

（原载 1934 年《现代》5 卷 2 期）

叫哦

在彻响声里
太阳张开了炬光的眼,
在彻响声里
风伸出温柔的臂,
在彻响声里
城市醒来……

这是春,
这是春的上午,

我从阴暗处
怅望着
白的亮的宇宙,
那里,
生命是转动着的,
那里,
时间像一个驰着的轮子,
那里,
光在翩翩地飞……

我从阴暗处
怅望着
白的亮的
波涛般跳跃着的宇宙,

那是生活的叫喊着的海啊!

1933 年 3 月 13 日
（原载 1934 年《春光》1 卷 1 期）

窗

在这样绮丽的日子
我悠悠地望着窗
也能望见她
她在我幻想的窗里
我望她也在窗前
用手支着丰满的下颌
而她柔和的眼
则沉浸在思念里

在她思念的眼里
映着一个无边的天
那天的颜色
是梦一般青的
青的天的上面
浮起白的云片了
追踪那云片
她能望见我的影子

是的，她能望见我

也在这样的日子

因我也是生存在

她幻想的窗里的

（原载 1936 年《新诗》1 卷 3 期）

月 光

把轻轻的雾撒下来
把安谧的雾撒下来
在褐色的地上敷上白光
月明的夜是无比的温柔与宽阔的啊

给我的灵魂以沐浴
我在寒冷的空气里走着
穿过那些石子铺的小巷
闻着田边腐草堆的气息

那些黑影是些小屋
困倦的人们都已安眠了
没有灯光，静静地
连鼾声也听不见

我走过它们面前
温柔地浮起了一种想望
我想向一切的门走去
我想伸手叩开一切的门

我想俯嘴向那些沉睡者

说一句轻微的话不惊醒他们

像月光的雾一样流进他们的耳朵

说我此刻最了解而且欢喜他们每一个人

1940 年 4 月 15 日夜

（选自《艾青全集》第 1 卷，1994 年，花山文艺

出版社）

启明星

属于你的是
光明与黑暗交替
黑夜逃遁
白日追踪而至的时刻

群星已经退隐
你依然站在那儿
期待着太阳上升

被最初的晨光照射
投身在光明的行列
直到谁也不再看见你

1956 年 8 月

（原载 1956 年 11 月 19 日《文汇报》，

选自《海岬上》，1957 年，作家出版社）

晨 歌

拭去你的眼泪吧——
打开窗
让你伏在
金黄的大鹏鸟的翅膀下……

大鹏鸟起飞时
你的梦
会离弃夜的烦忧
和黑暗之畏惧的

让它把你带去!
到无极的海洋
与无风的沙漠
或是阿尔卑斯山之巅

挟着希望的遨游者有福了
愿你借大鹏鸟的羽光
给沉睡的世界,和它的
匍匐着的众生以抚慰吧!

（原载 1937 年《新诗》1 卷 6 期）

太阳的话

打开你们的窗子吧
打开你们的板门吧
让我进去，让我进去
进到你们的小屋里

我带着金黄的花束
我带着林间的香气
我带着亮光和温暖
我带着满身的露水

快起来，快起来

快从枕头里抬起头来
睁开你的被睫毛盖着的眼
让你的眼看见我的到来

让你们的心像小小的木板房
打开它们的关闭了很久的窗子
让我把花束，把香气，把亮光
把温暖和露水洒满你们心的空间

1942 年 1 月 14 日

（原载 1942 年 5 月 31 日《解放日报》）

给太阳

早晨，我从睡眠中醒来，
看见你的光辉就高兴；
——虽然昨夜我还是困倦，
而且被无数的噩梦纠缠。

你新鲜、温柔、明洁的光辉，
照在我久未打开的窗上，
把窗纸敷上浅黄如花粉的颜色，
嵌在浅蓝而整齐的格影里。

我心里充满感激，从床上起来，
打开已关了一个冬季的窗门，
让你把金丝织的明丽的台巾，
铺展在我临窗的桌子上。

于是，我惊喜地看见你；
这样的真实，不容许怀疑，
你站立在对面的山巅，
而且笑得那么明朗——

我用力睁开眼睛看你，
渴望能捕捉你的形象——
多么强烈！多么恍惚！多么庄严
你的光芒刺痛我的瞳孔。

太阳啊，你这不朽的哲人，
你把快乐带给人间，
即使最不幸的看见你，
也在心里感受你的安慰。

你是时间的锻冶工，
美好的生活的镀金匠；
你把日子铸成无数金轮，
飞旋在古老的荒原上……

假如没有你，太阳，
一切生命将匍匐在阴暗里，
即使有翅膀，也只能像蝙蝠
在永恒的黑夜里飞翔。

我爱你像人们爱他们的母亲，
你用光热哺育我的观念和思想——

使我热情地生活，为理想而痛苦，
直到我的生命被死亡带走。

经历了寂寞漫长的冬季，
今天，我想到山巅上去，
解散我的衣服，赤裸着，
在你的光辉里沐浴我的灵魂……

1943 年，桂林
（选自《黎明的通知》，1943 年，桂林文化供应社）

太阳

从远古的墓茔
从黑暗的年代
从人类死亡之流的那边
震惊沉睡的山脉
若火轮飞旋于沙丘之上
太阳向我滚来……

它以难遮掩的光芒
使生命呼吸
使高树繁枝向它舞蹈
使河流带着狂歌奔向它去

当它来时，我听见
冬蛰的虫蛹转动于地下
群众在旷场上高声说话
城市从远方
用电力与钢铁召唤它

于是我的心胸

被火焰之手撕开

陈腐的灵魂

搁弃在河畔

我乃有对于人类再生之确信

1937 年春

（选自《旷野》，1940 年，重庆生活书店）

太 阳

那么使我们渴求得流下了眼泪
那么使我们为朝向你而匍匐在地上
我们愿意为向你飞而折断了翅膀
我们甚至愿在你的烧灼中死去
我们活着在泥泞里像蚯蚓
永远翻动着泥土向上伸引
任何努力都是想早点离开阴湿
都是想从远处看见你的光焰
我们是蛾的同类要向你飞
我们甚至愿在你的烧灼中死去
只要你能向我们说一句话
一句从未听见却又很熟识的话
只是为了那句话我们才活着
只要你会说：凡看见你的都将会幸福
只要勤劳的汗有报偿，盲者有光
只要我们不再看见恶者的骄傲，正直人的血
只要你会以均等的光给一切的生命
我们相信这话你一定会有一天要证实
因此我们还愿意活着在泥泞里像蚯蚓

因此我们每天起来擦去昨天的眼泪
等待你用温热的手指触到我们的眼皮

1940 年 4 月 11 日　湘南

（选自《艾青全集》第 1 卷，1994 年，花山文艺出版社）

煤的对话

——AY.R.

你住在哪里？

我住在万年的深山里
我住在万年的岩石里

你的年纪——

我的年纪比山的更大
比岩石的更大

你从什么时候沉默的？

从恐龙统治了森林的年代
从地壳第一次震动的年代

你已死在过深的怨愤里了么？

死？不，不，我还活着——

请给我以火，给我以火！

1937 年春

（本诗副题"Ａ.Ｙ.Ｒ."，即"致又然"，是写给诗友
李又然的意思。选自《旷野》，1940 年，重庆生活书店）

今天

今天
奔走在太阳的路上
我不再垂着头
把手插在裤袋里了
嘴也不再吹那寂寞的口哨
不看天边的流云
不彷徨在人行道

今天
在太阳照着的人群当中
我决不专心寻觅
那些像我自己一样惨愁的脸孔了

今天
太阳吻着我昨夜流过泪的脸颊
吻着我被人世间的丑恶厌倦了的眼睛
吻着我为正义喊哑了声音的嘴唇
吻着我这未老先衰的
啊！快要佝偻了的背脊

今天

我听见

太阳对我说

"向我来

从今天

你应该快乐些啊……"

于是

被这新生的日子所蛊惑

我欢喜清晨郊外的军号的悠远的声音

我欢喜拥挤在忙乱的人丛里

我欢喜从街头敲打过去的锣鼓的声音

我欢喜马戏班的演技

当我看见了那些原始的、粗暴的、健康的运动

我会深深地爱着它们

——像我深深地爱着太阳一样

今天

我感谢太阳

太阳召回了我的童年了

1938 年 4 月在武昌

（节选自长诗《向太阳》，1940 年，香港海燕书店）

野火

在这些黑夜里燃烧起来
在这些高高的山巅上
伸出你的光焰的手
去抚扪夜的宽阔的胸脯
去抚扪深蓝的冰凉的胸脯
从你的最高处跳动着的尖顶
把你的火星飞扬起来
让它们像群仙似的飘落在
那些莫测的黑暗而又冰冷的深谷
去照见那些沉睡的灵魂
让它们即使在缥缈的梦中
也能得到一次狂欢的舞蹈

在这些黑夜里燃烧起来
更高些！更高些！
让你的欢乐的形体
从地面升向高空
使我们这困倦的世界
因了你的火光的鼓舞

苏醒起来！喧腾起来！

让这黑夜里的一切的眼

都在看望着你

让这黑夜里的一切的心

都因了你的召唤而震荡

欢笑的火焰啊

颤动的火焰啊

听呀！从什么深邃的角落

传来了那赞颂你的瀑布似的歌声……

1942 年陕北

（原载 1942 年《草叶》第 3 期）

给我一个火把

火把从那里出来了
火把一个一个地出来了
数不清的火把从那边来了
美丽的火把
耀眼的火把
热情的火把
金色的火把
炽烈的火把
人们的脸在火光里
显得多么可爱
在这样的火光里
没有一个人的脸不是美丽的
火把愈来愈多了
愈来愈多了　愈来愈多了
火把已排成发光的队伍了
火把已流成红光的河流了
火光已射到我们这里来了
火光已射到我们的脸上了
你们的脸在火光里真美

你们的眼在火光里真亮
你们看我呀我一定也很美
我的眼一定也射出光彩
因为我的血流得很急
因为我的心里充满了欢喜
让我们跟着队伍走去
跟着队伍到那边去
到那火把出来的地方去
到那喷出火光的地方去
快些去　快些去　快去
去要一个火把……

"给我一个火把！"
"给我一个火把！"
"给我一个火把！"
你们看
我这火把
亮得灼眼啊……

这是火的世界……
这是光的世界……

1940 年 5 月 1 日—4 日

（节选自长诗《火把》，1941 年，重庆文化生活出版社）

烧 荒

小小的一根火柴,
划开了一个新的境界——

好大的火啊,
荒原成了火海!

火花飞舞着、旋转着,
火柱直冲到九霄云外!

火焰像金色的鹿,
奔跑得比风还快!

腾起的烟在阳光里,
像层层绚丽的云彩!

火焰狂笑着、奔跑着,
披荆斩棘,多么痛快!

火的队伍大进军,

豺狼狐兔齐闪开!

野草不烧尽,
禾苗起不来!

快磨亮我们的犁刀,
犁开一个新的时代!

1958 年春

（原载《归来的歌》，1980 年，四川人民出版社）

光的赞歌

只是因为有了光
我们的大千世界
才显得绚丽多彩
人间也显得可爱

光给我们以智慧
光给我们以想象
光给我们以热情
创造出不朽的形象

那些殿堂多么雄伟
里面更是金碧辉煌
那些感人肺腑的诗篇
谁读了能不热泪盈眶

那些最高明的雕刻家
使冰冷的大理石有了体温
那些最出色的画家
描出色授魂与的眼睛

比风更轻的舞蹈

珍珠般圆润的歌声

火的热情、水晶的坚贞

艺术离开光就没有生命

山野的篝火是美的

港湾的灯塔是美的

夏夜的繁星是美的

庆祝胜利的焰火是美的

一切的美都和光在一起

1978 年 8 月—12 月

（节选自长诗《光的赞歌》，

原载 1979 年 1 月的《人民文学》）

第三单元

礁 石

它的脸上和身上
像刀砍过的一样
但它依然站在那里
含着微笑，看着海洋……

礁 石

一个浪，一个浪
无休止地扑过来
每一个浪都在它脚下
被打成碎沫，散开……

它的脸上和身上
像刀砍过的一样
但它依然站在那里
含着微笑，看着海洋……

1954 年 7 月 25 日 智利海边

（原载 1956 年 12 月 22 日《光明日报》）

小　河

小小的河流
青青的草地

河的这边
是白的羊群

河的那边
是黑的、褐的牛群

天是蓝的
河是蓝的

1955 年

（原载 1955 年 11 月 9 日《北京日报》）

泉

你唱的山歌
远近都闻名
听你的歌声
比泉水还清

这儿的山高
水也来得深
喝这儿的水
使歌喉圆润

平常的人们
不到这儿来
爬这样的山
谁也没耐性

只有两种鸟
到这儿留停

白天是百灵

夜晚是夜莺

1956 年 8 月

（原载《海岬上》，1957 年，作家出版社）

回 声

你躲在峡谷
她站在山崖上

你不理她
她不理你

你喊她，她喊你
你骂她，她骂你

千万不要和她吵嘴
最后一声总是她的

1979 年

（原载《归来的歌》，1980 年，四川人民出版社）

山核桃

一个个像是铜铸的
上面刻满了甲骨文
也像是黄杨木雕刻
玲珑剔透，变化无穷
不知是天和地的对话
还是风雨雷电的檄文

1979 年

（原载《归来的歌》，1980 年，四川人民出版社）

069

山毛榉

春日的雷雨，
粗暴地摇撼着山毛榉；
春日的雷雨，
摇撼着我的心啊！

山毛榉，昂然举起了头，
在山野上，飘起褐色的发，
感染了大地的爱与忧郁，
把根须
攀缠住岩石与泥土；

欢喜沉默的
阳光与雾的朋友，
偶尔借风的语言
向山野披示痛苦；

历尽了冰霜与淫雨，

山毛榉慨然等待着霹雳的打击，
和那残酷的斧斤所带来的
伐木丁丁的声音……

1940 年春

（原载《旷野》，1940 年，重庆生活书店）

浪

你也爱那白浪么——
它会啮啃岩石
更会残忍地折断船橹
撕碎布帆
没有一刻静止
它自满地谈述着
从古以来的
航行者的悲惨的故事
或许是无理性的
但它是美丽的

而我却爱那白浪
——当它的泡沫溅到我的身上时
我曾起了被爱者的感激

1937 年 5 月 2 日　吴淞炮台湾

（原载《旷野》，1940 年，重庆生活书店）

鸫

不知你是站在屋背上呢
还是站在树枝上
把我从沉睡中唤醒
你的歌声清新而委婉
圆润如花瓣上的新露
悦耳如情人的话语
给我这阴暗的房子
流注了草木的香气
和温柔如乳液的晨光
我从困倦中欣然起来
向窗外寻觅你的影子
你却飞走了……

而在邻家的屋背上
又听见了你的歌声
你又在用你纯真的歌声
永远流滴着欢愉的歌声
去唤醒每个沉睡的灵魂

——被无报偿的劳作

压倒在卧榻上的人们……

（选自《献给乡村的诗》，1945 年，昆明

北门出版社）

鸽 哨

北方的晴天
辽阔的一片
我爱它的颜色
比海水更蓝

多么想飞翔
在高空回旋
发出醉人的呼啸
声音越传越远……

要是有人能领会
这悠扬的旋律
他将更爱这蓝色
——北方的晴天

1956 年

（原载 1957 年 1 月《北京文艺》）

珠贝

在碧绿的海水里
吸取太阳的精华
你是虹彩的化身
璀璨如一片朝霞

凝思花露的形状
喜爱水晶的素质
观念在心里孕育
结成了粒粒珍珠

1954 年 7 月 25 日　智利海边
（原载 1956 年 12 月 22 日《光明日报》）

小蓝花

小小的蓝花
开在青色的山坡上
开在紫色的岩石上

小小的蓝花
比秋天的晴空还蓝
比蓝宝石还蓝

小小的蓝花
是山野的微笑
寂寞而又深情

1955 年

（原载 1956 年 11 月 9 日《北京日报》）

高 原

这儿的白天
为什么热

这儿太高
离太阳近

这儿的夜晚
为什么冷

这儿太高
离月亮近

为什么离太阳近了热
为什么离月亮近了冷

太阳是火
月亮是冰

1955 年

（原载 1956 年 11 月 9 日《北京日报》）

虎斑贝

美丽的虎斑纹
闪灼在你身上
是什么把你磨得这样光
是什么把你擦得这样亮

比最好的瓷器细腻
比洁白的宝石坚硬
像鹅蛋似的椭圆滑润
找不到针尖大的伤痕

在绝望的海底多少年
在万顷波涛中打滚
一身是玉石的盔甲
保护着最易受伤的生命

要不是偶然的海浪把我卷带到沙滩上
我从来没有想到能看见这么美好的阳光

1979 年 12 月 17 日晨 1 时

（原载《彩色的诗》，1980 年，江苏人民出版社）

海水和泪

海水是咸的
泪也是咸的

是海水变成泪？
是泪流成海水？

亿万年的泪
汇聚成海水

终有一天
海水和泪都是甜的

1979 年

（原载《归来的歌》，1980 年，四川人民出版社）

仙 人 掌

你爱郁金香
我爱仙人掌

生长在热带
沙漠是故乡

挺在风沙里
出奇地顽强

哪怕再干旱
花照样开放

养在窗台上
梦想着海洋

（原载《彩色的诗》，1980 年，江苏人民出版社）

"神秘果"

——给 G.Y.

这真是天下奇谈：

"吃了长生果，

再吃黄连也不苦，

吃了神秘果，

再吃什么都是甜的。"

莫非它比黄连更苦？

莫非它比蜂蜜更甜？

莫非它能消灭味觉？

莫非它使我们麻木不仁？

吃了苦的，

才知道甜的；

吃了甜的，

才知道有苦的；

要是我们不知甜、酸、苦、辣，

活着还有什么滋味？

只有尝尽了悲欢离合，

才知道什么是幸福。

1979 年 3 月 3 日

（本诗副题"给 G.Y."，"G.Y."是艾青夫人高瑛名字的拼音缩写。原载《归来的歌》，1980 年，四川人民出版社）

伞

早晨，我问伞：
"你喜欢太阳晒，
还是喜欢雨淋？"

伞笑了，它说：
"我考虑的不是这些。"

我追问它：
"你考虑些什么？"

伞说：
"我想的是——
雨天，不让大家衣服淋湿；
晴天，我是大家头上的云。"

1978 年

（原载《彩色的诗》，1980 年，江苏人民出版社）

镜 子

仅只是一个平面
却又是深不可测

它最爱真实
决不隐瞒缺点

它忠于寻找它的人
谁都从它发现自己

或是醉后酡颜
或是鬓如霜雪

有人喜欢它
因为自己美

有人躲避它
因为它直率

甚至会有人

恨不得把它打碎

1978 年

（选自《艾青全集》第 2 卷，1994 年，花山文艺出版社）

酒

她是可爱的
具有火的性格
水的外形

她是欢乐的精灵
哪儿有喜庆
就有她光临

她真是会逗
能让你说真话
掏出你的心

她会使你
忘掉痛苦
喜气盈盈

喝吧，为了胜利
喝吧，为了友谊
喝吧，为了爱情

你可要当心
在你高兴的时候
她会偷走你的理性

不要以为她是水
能扑灭你的烦忧
她是倒在火上的油

会使聪明的更聪明
会使愚蠢的更愚蠢

（选自《艾青全集》第2卷，1994年，
花山文艺出版社）

关于眼睛

你说眼睛是灵魂的窗子
我说眼睛是灵魂的镜子

你说世界上最美的是眼睛
我说最可怕的也是眼睛

有那么一双眼睛
在没有灯光的夜晚
你和她挨得那么近
突然向你闪光
又突然熄灭了
你一直都记着那一瞬

有那么一双眼睛
深得像一口古井
四周有水草丛生
你只向井里看了一眼
经过多少年
你还记得那古井

有那么一双眼睛

又大又澄碧

蓝天一样纯洁

月光一样宁静

你没有勇气看它

因为你不敢承担

它对你的信任

1979 年 9 月 4 日早晨

（原载《彩色的诗》，1980 年，江苏人民出版社。

《关于眼睛》是两首同题诗，本书选录其中一首）

红绿灯

满街的人看着你
满街的车等着你

你警告着:"危险!"
你宣布着:"通行!"

人和车辆听你指挥
戛然停止,汹涌前进

大家都喜欢绿灯
脚和轮子都爱前进

1979 年

（原载《彩色的诗》，1980 年，江苏人民出版社）

天池

在冰峰的怀抱里
白云在这儿沐浴
山羊到这儿饮水
麋鹿常来照镜子

人迹不到的地方
才有最干净的水

1980 年

（原载《雪莲》，1983 年，黑龙江人民出版社）

哈密瓜

哈密瓜大丰收
一个个像枕头

抱着它睡觉
会做甜蜜的梦

1980 年

（原载《雪莲》，1983 年，黑龙江人民出版社）

雪 莲

春风吹不到这儿,
燕子也不会来——
不怕从悬崖摔下来,
才能看见你的光彩。

冰与雪的化身——
洁白、美丽、大方;
没有对你强烈的爱,
闻不到你的芬芳。

1980 年

（原载《雪莲》，1983 年，黑龙江人民出版社）

房顶

不是受烈日暴晒
就是受暴雨浇灌

连风雪也欺压它

而它始终坦荡着
使房子里的人们
保持夏天的凉爽
冬天的温暖

房子里的人看不见它

1980 年 5 月 2 日

（原载《雪莲》，1983 年，黑龙江人民出版社）

鱼 化 石

动作多么活泼，
精力多么旺盛，
在浪花里跳跃，
在大海里浮沉；

不幸遇到火山爆发，
也可能是地震，
你失去了自由，
被埋进了灰尘；

过了多少亿年，
地质勘探队员，
在岩层里发现你，
依然栩栩如生。

但你是沉默的，
连叹息也没有，
鳞和鳍都完整，
却不能动弹；

你绝对地静止，
对外界毫无反应，
看不见天和水，
听不见浪花的声音。

凝视着一片化石，
傻瓜也得到教训：
离开了运动，
就没有生命。

活着就要斗争，
在斗争中前进，
即使死亡，
能量也要发挥干净。

1978 年

（原载《归来的歌》，1980 年，四川人民出版社）

小白花

我怎么也忘不了
在慕尼黑看见的
达豪集中营门外的小白花

像是夜的星星
抖动着的小白花
在冷酷的铁丝网下

小白花看见的很多
听见的也很多
别看它从来不说话

1979 年 5 月

（原载《归来的歌》，1980 年，四川人民出版社）

小牛犊

小牛犊儿多调皮
慢慢地走在公路上
汽车喇叭在后面催
它却一点也不慌张

它天真地仰起了头
流露出新奇的眼光
是从哪儿来的客人
到了这草原的牧场

1955 年

（原载 1956 年 11 月 9 日《北京日报》）

希望

梦的朋友
幻想的姊妹

原是自己的影子
却老走在你前面

像光一样无形
像风一样不安定

她和你之间
始终有距离

像窗外的飞鸟
像天上的流云

像河边的蝴蝶
既狡猾又美丽

你上去，她就飞

你不理她，她撵你

她永远陪伴你
一直到你终止呼吸

1979年

（原载《归来的歌》，1980年，四川人民出版社）

墙

一堵墙，像一把刀
把一个城市切成两半
一半在东方
一半在西方
墙有多高？
有多厚？
有多长？

再高、再厚、再长
也不可能比中国的长城
更高、更厚、更长
它也只是历史的陈迹
民族的创伤

谁也不喜欢这样的墙
三米高算得了什么
五十厘米厚算得了什么
四十五公里长算得了什么
再高一千倍

再厚一千倍

再长一千倍

又怎能阻挡

天上的云彩、风、雨和阳光？

又怎能阻挡

飞鸟的翅膀和夜莺的歌唱？

又怎能阻挡

流动的水和空气？

又怎能阻挡

千百万人的

比风更自由的思想？

比土地更深厚的意志？

比时间更漫长的愿望？

1979 年 5 月

（原载《归来的歌》，1980 年，四川人民出版社）

无 题

有人喜欢海
是风平浪静的时候
有人喜欢海
是波涛汹涌的时候

玫瑰用刺保卫芬芳
蜜蜂用刺保卫甜蜜

钟表大小不同
时间完全一样

蚕和蜘蛛都在吐丝
一个结茧，一个织网

蝴蝶——会飞的花
花——睡着的蝴蝶

1979 年

（原载《归来的歌》，1980 年，四川人民出版社）

第四单元

下雪的早晨

我们很久没有到树林里去了，
那儿早已铺满了落叶，
也不会有什么人影；
但我一直都记着那小孩
和他的很轻很轻的歌声。

下雪的早晨

雪下着，下着，没有声音，
雪下着，下着，一刻不停，
洁白的雪，盖满了院子，
洁白的雪，盖满了屋顶，
整个世界多么静，多么静。

看着雪花在飘飞，
我想得很远，很远，
想起夏天的树林，
树林里的早晨，
到处都是露水，
太阳刚刚上升，
一个小孩，赤着脚，
从晨光里走来，
他的脸像一朵鲜花，
他的嘴发出低低的歌声，
他的小手拿着一根竹竿，
他仰起小小的头，
那双发亮的眼睛，

透过浓密的树叶
在寻找知了的声音……

他的另一只小手，
提了一串绿色的东西，
——一根很长的狗尾草，
结了蚂蚱、金甲虫和蜻蜓，
这一切啊，
我都记得很清。

我们很久没有到树林里去了，
那儿早已铺满了落叶，
也不会有什么人影；

但我一直都记着那个小孩
和他的很轻很轻的歌声。

此刻，他不知在哪间小屋里
看着不停地飘飞着的雪花，
或许想到树林里去抛雪球，
或许想到湖上去滑冰，
但他决不会知道
有一个人想着他，
就在这个下雪的早晨。

1956 年 11 月 17 日

（原载 1957 年 1 月《文艺月报》）

春姑娘

春姑娘来了——
你们谁知道,
她是怎样来的?

我知道!
我知道!

她是南方来的,

前几天到这里，
这个好消息，
是燕子告诉我的。

你们谁看见过，
她长的什么样子？
我知道！
我知道！

她是一个小姑娘，
长得比我还漂亮，
两只眼睛水汪汪，
一条辫子这么长！

她赤着两只脚，
裤管挽在膝盖上；
在她的手臂上，
挂着一个大柳筐。

她渡过了河水，
在沙滩上慢慢走，
她低着头轻轻地唱，
那声音像河水在流……

看见她的样子，
谁也会高兴；
听见她的歌声，
谁也会快乐。

在她的大柳筐里，
装满了许多东西——
红的花，绿的草，
还有金色的种子。
她是一个好姑娘，
又聪明，又勤劳，
在早晨的阳光里，
一刻也不休息：

她把花挂在树上，
又把草铺在地上，
把种子撒在田里，
让它们长出了绿秧。

她在田垄上走过，
母牛仰着头看着，
小牛犊蹦跳着，

大羊羔咩咩地叫着……

她来到村子里，
家家户户都高兴，
一个个果子园，
都打开门来欢迎；

园子里多热闹，
到了许多亲戚——
有造糖的蜜蜂，
有爱打扮的彩蝶；

那些水池子，
擦得亮亮的，
春姑娘走过时，
还照一照镜子；

各种各样的鸟，
唱出各种各样的歌，
每一只鸟都说：
"我的心里真快乐！"

鸟儿飞来飞去，

歌也老不停止——
大家都说:"春姑娘,
愿你永远在这里!"

只有那些鸭子,
不会飞也不会唱歌,
它们呆呆地站着,
拍着翅膀大笑着……

它们说:"春姑娘,
我们等你好久了!
你来了就好了!
我们不会唱歌,哈哈哈……"

1950 年 3 月 28 日

(原载《宝石的红星》,1953 年,人民文学出版社)

有朋友从远方来临

一早起我就歌唱，
像树上的鸟儿一样；
这支歌多么柔美，
流露了无比的欢畅……

为什么我这样高兴——
唱来唱去一刻不停？
不是为了别的事情，
有朋友从远方来临……

写于1951年初

（选自《艾青全集》第2卷，1994年，花山文艺

出版社）

青色的池沼

青色的池沼，
长满了马鬃草；
透明的水底，
映着流动的白云……

平静而清澈
像因时序而默想的
蓝衣少女，
坐在早晨的原野上。

当心啊——
脚蹄撩动着薄雾
一匹栗红色的马
在向你跳跃来了……

1940 年 3 月

（原载《旷野》，1940 年，重庆生活书店）

西 湖

月宫里的明镜
不幸失落人间
一个完整的圆形
被分成了三片

人们用金边镶裹
裂缝以漆泥胶成
敷上翡翠、涂上赤金
恢复它的原形

晴天，白云拂抹
使之明洁
照见上空的颜色

在清澈的水底
桃花如人面
是彩色缤纷的记忆

1953 年 4 月

（原载 1956 年 12 月 2 日《文汇报》）

愿春天早点来

我走出用纸糊满窗格的房子
站立在阴暗的屋檐下
看着田野
黄色的路
从门前经过
一直伸到天边

畏缩这严寒
对于远方的旅行
我踌躇了
而且
池沼依然凝结着冰层
山上依然闪着残雪的白光

而且
天依然低沉
明天恐怕还要下雪呢

于是，从我的心头

感到了
使我瑟缩的凉意

为了我的烦忧
我希望：
春天
它早点来

等路旁吐出一点绿芽时
我将穿上芒鞋
去寻觅温暖

1940 年 1 月

（原载《旷野》，1940 年，重庆生活书店）

骑 手

在阿巴嘎旗
两个人一起走
其中一个是歌手

在乌珠穆沁旗
两个人一起走
其中一个是摔跤手

在锡盟的每个旗
无论多少人一起走
个个都是好骑手

1956 年 8 月

（原载《海岬上》，1957 年，作家出版社）

汉堡的早晨

前天晚上
我在北京的院子里看见月亮
笑眯眯，默不作声

今天早上
想不到在汉堡又看见月亮
在窗外，笑眯眯，默不作声

不知道她是怎么来的
她却瘦了

1979 年 5 月 18 日晨 5 时　汉堡

（原载 1981 年 12 月 2 日《人民日报》）

新年祝词

祝愿新的一年
带来新的欢欣
希望，好像鲜花
开放在每个月份
从迎春到蜡梅
四季五彩缤纷
个个日子像花瓣
闪耀着露珠晶莹
但是，理想只是种子
即使风调雨顺
没有辛勤劳动
百花也要凋零

1979 年 12 月

（原载《彩色的诗》，1980 年，江苏人民出版社）

高山上的风

高山上的风
是个雕刻家
日日夜夜在剥蚀
长年累月在敲打

有时大刀阔斧
山岩像大厦崩塌
有时细琢细磨
把岩石切成碎片
研成粉末、变成泥沙

等冰雪融化，山洪暴发
不管粉末和泥沙
前推后拥，顺流而下……

风
是勤奋的雕刻家
即使深夜
也不肯休息

由于它顽强的毅力

连山岳也要起变化

1978 年

（原载《归来的歌》，1980 年，四川人民出版社）

解冻

多少日子被严寒窒息着；
多少残留的生命，
在凝固着的地层里
发出了微弱的喘吁……

今天，接受了这温暖的抚慰，
一切冻结着的都苏醒了——
深山里的积雪呀，
溪涧里的冰层呀，
在这久别的阳光下
融化着，解裂着……

到处都润湿了，
到处都淋着水柱；
在这晴朗的早晨，
每一滴水
都得到了光明的召唤，
欣欣地潜入低洼处，
转过阴暗的角落，

沿着山脚
向平野奔流……

平野摊开着，
被由山峰所投下的黑影遮蔽着；
乌暗的土地，
铺盖着灰白的寒霜，
地面上浮起了一层白汽，
它在向上升华着，升华着，
直到和那从群山的杂乱的岩石间
浮移着的云团混合在一起……
而太阳就从这些云团的缝隙
投下了金黄的光芒，
那些光芒不安定地
熠耀着平野边上的山峦，
和沿着山峦而曲折的江河。

于是
被从各处汇集拢来的水潮所冲激，
江水泛滥了——
它卷带着
从山顶崩下的雪堆，
和溪流里冲来的冰块，

互相拼击着，漂撞着，

发出碎裂的声音流荡着；

那些波涛

喧嚷着，拥挤着，

好像它们

满怀兴奋与喜悦

一边捶打着朽腐的堤岸，

一边倾泻过辽阔的平野，

难于阻拦地前进着，

经过那枯褐的树林，

带着可怕的洪响，

淘涌到那

闪烁着阳光的远方去了……

1940 年 1 月 27 日 湘南

（原载《旷野》，1940 年，重庆生活书店）

迎接一个迷人的春天

一

不知道你们听见了没有——
这些夜晚，从河流那边
传来了一阵阵什么破裂的声音。
啊，原来是河流正在解冻，
河水可以无拘束地奔流了。
大片大片的冰块互相撞击着，
互相拥挤着，
好像戏院门前的人流，
带着欢笑拥向天边。

久久盼望的春天终于要来了，
万物滋生的季节要来了，
播种与孕育的季节要来了，
谁能不爱春天呢！
即使冰雪化了以后，
道路是泥泞的，
即使要穿过一大片沼泽地带，

我们也要去欢迎她，
因为她给我们大家
带来了温暖和希望。

二

我们有过被欺骗的春天，
我们有过被流放的春天，
我们有过被监禁的春天，
我们有过呜咽啜泣的春天。

我们曾经像蜗牛似的，
在墙脚根上慢慢地爬行；
我们曾经像喇嘛教徒似的，
敲着木鱼，念着经消磨时间。
然而，整个外面的世界，
成千上万的车队，
在高速公路上飞奔，
而米格 25 战斗机，
随时都有可能像闪电划过
我们神圣的蓝天，
我们所面临的是一场无比
严峻的考验。

经历了多少的动荡与不安，
我们终于醒悟过来了，
终于突破了层层坚冰，
迎来了万马奔腾的时间。

三

我们终于能理直气壮地生活了，
我们能扬眉吐气地过日子了，
我们具有无比坚强的信心，
像哈萨克族举行"姑娘追"似的
来迎接这个春天。

她来了，真的来了，
你可以闻到她的芬芳，
你可以感到她的体温，
就连树上的小鸟也在歌唱，
就连林间的小鹿也在跳跃……

我们要拉响所有的汽笛，
来迎接这个新时代的黎明；
我们要鸣放二十一门礼炮，

来迎接这个岁月的元首；
所有的琴师拨动琴弦，
所有的诗人谱写诗篇，
所有的乐器、歌声，
组成最大的交响乐章，
来迎接一个迷人的春天！

1979 年春

（原载《归来的歌》，1980 年，四川人民出版社）

黄昏

黄昏的林子是黑色而柔和的
林子里的池沼是闪着白光的
而使我沉溺地承受它的抚慰的风啊
一阵阵地带给我以田野的气息……

我永远是田野气息的爱好者啊……
无论我漂泊在哪里
当黄昏时走在田野上
那如此不可排遣地困惑着我的心的
是对于故乡路上的畜粪的气息
和村边的畜棚里的干草的气息的记忆啊……

1938 年 7 月 16 日黄昏 武昌

（原载 1939 年 4 月 9 日《文摘》战时旬刊文艺

副刊第 1 期）

窗外的争吵

昨天晚上
我听见两个声音——

春天:
大家都在咒骂你
整天为你在发愁
谁也不会喜欢你
你让大家吃苦头

冬天:
我还留恋这地方
你来得不是时候
我还想打扫打扫
什么也不给你留

春天:
你真是冷酷无情
闹得什么也没有
难道糟蹋得还少

难道摧毁得不够

冬天：
我也有我的尊严
我讨厌嬉皮笑脸
看你把我怎么办
我就是不愿意走

春天：
别以为大家怕你
到时候你就得走
你不走大家轰你
谁也没办法挽留

用不到公民投票
用不到民意测验
用不到开会表决
用不到通过举手

去问开化的大地
去问解冻的河流
去问南来的燕子
去问轻柔的杨柳

地里种子要发芽

枝头骨朵要吐秀

万物都频频点头

异口同声劝你走

你要是赖着不走

用拖拉机拉你走

用推土机推你走

敲锣打鼓送你走

1980 年春节

(原载 1980 年 2 月 24 日《光明日报》)

三株小杉树

年轻的杉树长满了嫩芽
嫩得好像要滴下水来
园里的草地露水很重
人走进的时候鞋子都湿了

早上的阳光照在露珠上
每颗露珠都在发亮
我摘了一个杉树的果子
手上沾满了果子的芳香

1954 年 7 月

（原载 1957 年 1 月《长江文艺》）

在你睡梦中

整个冬季
我每天都朝窗外瞭望
几棵光秃的大树
像一片雾

但是，有一天
忽然发现那些细枝
撒上了淡淡的，小小的
引不起注意的星星点点

又经历了一段时间
或许在你睡梦中
那些树发怒似的
像伞似的撑开了

那些树枝在风中摆荡着
在晴空下闪闪发光
像一群穿绿裙的姑娘
欢笑着，喧闹着

荡秋千似的摆荡

这不是什么奇怪的事
自然是忠诚可靠的
季节来到了，连木桩也会发芽
连篱笆也会开花

1980 年 5 月 17 日

（选自《艾青全集》第 2 卷，1994 年，花山文艺出版社）

这是一个晴朗的早晨

这是一个晴朗的早晨
飞机在高空中飞翔
一朵朵白云像在微笑
我的心是阳光满照的海洋

我写过无数痛苦的诗
一边写，一边悲伤
如今灾难总算过去了
我要为新的日子歌唱

1954年7月16日在大西洋上空

（选自《艾青全集》第2卷，1994年，

花山文艺出版社）

绿

好像绿色的墨水瓶倒翻了
到处是绿的……

到哪儿去找这么多的绿：
墨绿、浅绿、嫩绿、
翠绿、淡绿、粉绿……
绿得发黑、绿得出奇；

刮的风是绿的，
下的雨是绿的，
流的水是绿的，
阳光也是绿的；

所有的绿集中起来，
挤在一起，
重叠在一起，
静静地交叉在一起。

突然一阵风，

好像舞蹈教练在指挥，
所有的绿就整齐地
按着节拍飘动在一起……

1979 年 2 月 23 日　广东迎宾馆
（原载《归来的歌》，1980 年，四川人民出版社）

新的年代冒着风雪来了

新的年代冒着风雪来了，
大路上扬起了一阵笑声……
他从烟火弥漫的前线来，
从岩石凿穿的坑道里来，
他的眼里有熬夜的血丝，
他的前额上刻上了皱纹；
敌人倾倒了成吨的钢铁，
但英雄的阵地毫不动摇——
在纵深百里的阵地后面，
有着伟大的祖国和人民。
战斗的岁月又过了一年，
新的年代含着微笑来了，
让我们乘着时间的列车，
走上我们的新的路程；
无边的大地覆盖着白雪，
静静地静静地等待春天，
当铁犁犁翻松软的土地，
原野将变成绿色的大海；
我们的道路多么宽阔，

通向新的城市和乡村，

自然正在改变着面貌，

到处都出现新的工程，

密密的钢骨织成大网，

不久将是无数新的工厂。

新的年代带来新的礼物，

这礼物就是新的希望；

我们要坚守每一个阵地，

像那上甘岭的英雄一样，

让我们的意志变成花岗岩，

把敌人打得跪在我们面前；

不要辜负这个伟大的时代，

这是一个英雄辈出的时代；

不要辜负我们伟大的祖国，

我们都是她的光荣的子民——

让我们胜利接连着胜利，

让我们永远在胜利中前进……

1953 年

（选自《艾青全集》第 2 卷，1994 年，

花山文艺出版社）

国 旗

美丽的旗
庄严的诗
革命的旗
团结的旗

四颗金星
朝向一颗大星
万众一心
朝向人民革命

我们爱五星红旗
像爱自己的心
没有了心
就没有了生命

我们守卫它
它是我们的尊严
我们跟随它
它引我们前进

革命的旗

团结的旗

旗到哪里

哪里就胜利

1949 年 9 月 27 日

（选自《艾青全集》第 2 卷，花山文艺出版社，

1994 年版）

一个黑人姑娘在歌唱

在那楼梯的边上，
有一位黑人姑娘，
她长得十分美丽，
一边走一边歌唱……

她的心里有什么欢乐？
她唱的可是情歌？
她抱着一个婴儿，
唱的是催眠的歌。

这不是她的儿子，
也不是她的弟弟；
这是她的小主人，
她给人看管孩子；

一个是那样的黑，
黑得像紫檀木；
一个是那样的白，
白得像棉絮；

一个是多么舒服，
却在不住地哭；
一个是多么可怜，
却要唱欢乐的歌。

1954 年 7 月 17 日　里约热内卢

（原载 1954 年 11 月《人民文学》）

帐篷

哪儿需要我们，
就在哪儿住下，
一个个帐篷，
是我们流动的家；

荒原最早的住户，
野地最早的人家，
我们到了哪儿，
就激起了喧哗；

探索大地的秘密，
要把宝藏开发，
架大桥，修铁路，
盖起高楼大厦；

任凭风吹雨打，
我们爱自己的家，
它是这样的敏锐，
反映祖国的变化；

换一次工地，
就搬一次家，
带走的是荒凉，
留下的是繁华。

1958 年春

（选自《艾青全集》第 2 卷，1994 年，

花山文艺出版社）

写在彩色纸条上的诗

——为年轻的人们而写，记苏联第十三届青年联欢晚会

一

绿色的纸条给你
红色的纸条给我
让我们拴在一起
唱一个快乐的歌

到那边树林里去吧
在树林里有野火
光从树叶里射出来
里面有人在唱歌

那歌声呀实在美
像一条林间的小河
它永远也唱不完
流注着无限的欢乐

二

你的鼻子像百合
你的嘴唇像花瓣
请摘下绸制的假面
让我看看你的眼睛

眼睛是灵魂的窗子
从它们看见你的心
你的眼睛是纯朴的
你有一颗纯朴的心

三

你有你的依林娜
我有我的娜塔莎
你们要到河边去
而我们更爱树林

我们游憩在树林里
生活比传说更美丽
蓝色的灯、红色的灯
使森林充满了神秘

四

让我和你跳一个舞
跳一个像风一样轻的舞
跳一个使裙子旋转的舞
跳一个青春的舞、热烈的舞

明天，当太阳上升的时候
我们将穿过露水的草地
你进你的课堂
我进我的工厂

五

和平像一片蓝天
和平像一片绿茵
而时间啊是蜜酒
我们是喝蜜酒的人

和平是你的
也是我的
是我们大家的

谁也不能碰的

六

欢乐不是钱买的
欢乐坐着智慧的小艇
现在我们是在河里
我们在欢乐中前进

莫斯科的秋天多么美
秋天的夜晚更是迷人
树枝投下了最初的落叶
空气像是冰镇过的果汁

1954 年 8 月 28 日晚 莫斯科

（原载诗集《春天》，1956 年，人民文学出版社）

年轻的城

我到过许多地方
数这个城市最年轻
它是这样漂亮
令人一见倾心

不是瀚海蜃楼
不是蓬莱仙境
它的一草一木
都由血汗凝成

你说它是城市
却有田园风光
你说它是乡村
却有许多工厂

苍郁的树林里面
是一排排的厂房
百鸟的鼓噪声中
传来马达的声响

空气是这样清新
闻到田野的芳香
微风轻轻吹拂
掀起绿色的波浪

它像一个拓荒者
全身都浴着阳光
面对着千里戈壁
两眼闪耀着希望

更像一个战士
革命的热情汹涌
只要一声号令
就向前猛打猛冲

到处都是建筑工地
劳动的声音在沸腾
我的心随着手推车
在碎石公路上飞滚

艳阳天，风雪天
在黎明，在黄昏

一年三百六十天
看它三万六千遍

因为它永远在前进
时时刻刻改变模样
因为我透过这个城市
看见了新中国的成长

1962 年

（选自《艾青全集》第 2 卷，1994 年，花山文艺出版社）

失去的岁月

不像丢失的包袱，
可以到失物招领处找得回来，
失去的岁月，
甚至不知丢失在什么地方——
有的是零零星星地消失的，
有的丢失了十年二十年，
有的丢失在喧闹的城市，
有的丢失在遥远的荒原，
有的是人潮汹涌的车站，
有的是冷冷清清的小油灯下面；
丢失了的不像是纸片，可以捡起来，
倒更像一碗水泼到地面
被晒干了，看不到一点影子；
时间是流动的液体——
用筛子、用网，都打捞不起；
时间不可能变成固体，
要成了化石就好了，
即使几万年也能在岩层里找见。
时间也像是气体，

像疾驰的列车头上冒出的烟！
失去了的岁月好像一个朋友，
断掉了联系，经受了一些苦难，
忽然得到了消息：说他
早已离开了人间。

1979 年 8 月 22 日 哈尔滨

（原载《归来的歌》，1980 年，四川人民出版社）

我的思念是圆的

我的思念是圆的
八月中秋的月亮
也是最亮最圆的
无论山多高、海多宽
天涯海角都能看见它
在这样的夜晚
会想起什么?

我的思念是圆的
西瓜、苹果都是圆的
团聚的人家是欢乐的
骨肉被分割是痛苦的
思念亲人的人
望着空中的明月
谁能把月饼咽下?

1983 年 9 月 21 日

(本诗由诗人自己在 1983 年 9 月 21 日北京电视台
"中秋诗会"朗诵,刊载于 9 月 25 日《湖北日报》)

盼 望

一个海员说，
他最喜欢的是起锚所激起的
那一片洁白的浪花……

一个海员说，
最使他高兴的是抛锚所发出的
那一阵铁链的喧哗……

一个盼望出发
一个盼望到达

1979 年 3 月，上海

（原载《归来的歌》，1980 年，四川人民出版社）

大堰河，我的保姆

写着一首呈给你的赞美诗，
呈给你黄土下紫色的灵魂，

大堰河，我的保姆

大堰河，是我的保姆。
她的名字就是生她的村庄的名字，
她是童养媳，
大堰河，是我的保姆。

我是地主的儿子；
也是吃了大堰河的奶而长大了的
大堰河的儿子。
大堰河以养育我而养育她的家，
而我，是吃了你的奶而被养育了的，
大堰河啊，我的保姆。

大堰河，今天我看到雪使我想起了你：
你的被雪压着的草盖的坟墓，
你的关闭了的故居檐头的枯死的瓦菲，
你的被典押了的一丈平方的园地，
你的门前的长了青苔的石椅，
大堰河，今天我看到雪使我想起了你。

你用你厚大的手掌把我抱在怀里，抚摸我；
在你搭好了灶火之后，
在你拍去了围裙上的炭灰之后，
在你尝到饭已煮熟了之后，
在你把乌黑的酱碗放到乌黑的桌子上之后，
在你补好了儿子们的为山腰的荆棘扯破的衣服之后，
在你把小儿被柴刀砍伤了的手包好之后，
在你把夫儿们的衬衣上的虱子一颗颗地掐死之后，
在你拿起了今天的第一颗鸡蛋之后，
你用你厚大的手掌把我抱在怀里，抚摸我。

我是地主的儿子，
在我吃光了你大堰河的奶之后，
我被生我的父母领回到自己的家里。
啊，大堰河，你为什么要哭？

我做了生我的父母家里的新客了！
我摸着红漆雕花的家具，
我摸着父母的睡床上金色的花纹，
我呆呆地看着檐头的我不认得的"天伦叙乐"的匾，
我摸着新换上的衣服的丝的和贝壳的纽扣，
我看着母亲怀里的不熟识的妹妹，
我坐着油漆过的安了火钵的炕凳，

我吃着碾了三番的白米的饭，
但，我是这般忸怩不安！因为我
我做了生我的父母家里的新客了。

大堰河，为了生活，
在她流尽了她的乳液之后，
她就开始用抱过我的两臂劳动了；
她含着笑，洗着我们的衣服，
她含着笑，提着菜篮到村边的结冰的池塘去，
她含着笑，切着冰屑窸窣的萝卜，
她含着笑，用手掏着猪吃的麦糟，
她含着笑，扇着炖肉的炉子的火，
她含着笑，背了团箕到广场上去
　　晒好那些大豆和小麦，
大堰河，为了生活，
在她流尽了她的乳液之后，
她就用抱过我的两臂，劳动了。

大堰河，深爱着她的乳儿；
在年节里，为了他，忙着切那冬米的糖，
为了他，常悄悄地走到村边的她的家里去，
为了他，走到她的身边叫一声"妈"，
大堰河，把他画的大红大绿的关云长

贴在灶边的墙上，
大堰河，会对她的邻居夸口赞美她的乳儿；
大堰河曾做了一个不能对人说的梦：
在梦里，她吃着她的乳儿的婚酒，
坐在辉煌的结彩的堂上，
而她的娇美的媳妇亲切地叫她"婆婆"
……
大堰河，深爱她的乳儿！

大堰河，在她的梦没有做醒的时候已死了。
她死时，乳儿不在她的旁侧，
她死时，平时打骂她的丈夫也为她流泪，
五个儿子，个个哭得很悲，
她死时，轻轻地呼着她的乳儿的名字，
大堰河，已死了，
她死时，乳儿不在她的旁侧。

大堰河，含泪地去了！
同着四十几年的人世生活的凌侮，
同着数不尽的奴隶的凄苦，
同着四块钱的棺材和几束稻草，
同着几尺长方的埋棺材的土地，
同着一手把的纸钱的灰，

大堰河，她含泪地去了。

这是大堰河所不知道的：
她的醉酒的丈夫已死去，
大儿做了土匪，
第二个死在炮火的烟里，
第三，第四，第五
在师傅和地主的叱骂声里过着日子。
而我，我是在写着给予这不公道的世界的咒语。
当我经了长长的漂泊回到故土时，
在山腰里，田野上，
兄弟们碰见时，是比六七年前更要亲密！
这，这是为你，静静地睡着的大堰河
所不知道的啊！

大堰河，今天，你的乳儿是在狱里，
写着一首呈给你的赞美诗，
呈给你黄土下紫色的灵魂，
呈给你拥抱过我的直伸着的手，
呈给你吻过我的唇，
呈给你泥黑的温柔的脸颜，
呈给你养育了我的乳房，

呈给你的儿子们，我的兄弟们，
呈给大地上一切的，
我的大堰河般的保姆和她们的儿子，
呈给爱我如爱她自己的儿子般的大堰河。

大堰河，
我是吃了你的奶而长大了的
你的儿子，
我敬你
爱你！

1933 年 1 月 14 日 雪朝

（原载 1934 年 5 月 1 日《春光》1 卷 3 期）

雪落在中国的土地上

雪落在中国的土地上
寒冷在封锁着中国呀⋯⋯

风，
像一个太悲哀了的老妇
紧紧地跟随着，
伸出寒冷的指爪
拉扯着行人的衣襟，
用着像土地一样古老的话
一刻也不停地絮聒着⋯⋯

那从林间出现的，
赶着马车的
你中国的农夫
戴着皮帽
冒着大雪
你要到哪儿去呢？

告诉你

我也是农人的后裔——
由于你们的
刻满了痛苦的皱纹的脸
我能如此深深地
知道了
生活在草原上的人们的
岁月的艰辛。

而我
也并不比你们快乐啊
——躺在时间的河流上
苦难的浪涛
曾经几次把我吞没而又卷起——
流浪与监禁
已失去了我的青春的
最可贵的日子，
我的生命
也像你们的生命
一样地憔悴呀！

雪落在中国的土地上
寒冷在封锁着中国呀……

沿着雪夜的河流，
一盏小油灯在徐缓地移行，
那破烂的乌篷船里
映着灯光，垂着头
坐着的是谁呀？

——啊，你
蓬发垢面的少妇，
是不是
你的家
——那幸福与温暖的巢穴——
已被暴戾的敌人
烧毁了么？
是不是
也像这样的夜间，
失去了男人的保护，
在死亡的恐怖里
你已经受尽敌人刺刀的戏弄？

咳，就在如此寒冷的今夜，
无数的
我们的年老的母亲，
都蜷伏在不是自己的家里，

就像异邦人
不知明天的车轮
要滚上怎样的路程……
——而且
中国的路
是如此的崎岖
是如此的泥泞呀!

雪落在中国的土地上,
寒冷在封锁着中国呀……

透过雪夜的草原
那些被烽火所啮啃着的地域,
无数的, 土地的垦殖者
失去了他们所饲养的家禽
失去了他们肥沃的田地
拥挤在
生活的绝望的污巷里:

饥馑的大地
朝向阴暗的天
伸出乞援的
颤抖着的两臂。

中国的痛苦与灾难
像这雪夜一样广阔而又漫长呀!

雪落在中国的土地上
寒冷在封锁着中国呀……

中国
我的在没有灯光的晚上
所写的无力的诗句
能给你些许的温暖么?

1937 年 12 月 28 日

（原载 1938 年 1 月 16 日

《七月》半月刊 2 卷 1 期）